EUGÈNE COLOMER

Directeur des Contributions Directes en retraite

Chevalier de la Légion d'Honneur

MONTSERRAT

NOTES DE VOYAGE

PERPIGNAN

IMPRIMERIE CHARLES LATROBE

1, Rue des Trois-Rois, 1

1899

MONTSERRAT

NOTES DE VOYAGE

« [1] Aqui se hizó inmóvil la Santa Imagen
año 880. »

Deux heures. — L'omnibus de l'hôtel d'*Inglaterra* nous
dépose à la gare *del Norte*, où nous ne tardons pas à être
rejoints par le señor et la señora T..., les excellents
amis dont l'aimable hospitalité nous fait les honneurs de
l'excursion.

Nous entrons dans un compartiment vide, qu'à nous
quatre, nous espérons occuper seuls ; mais, tout aux
expansions et au plaisir du départ commun, nous laissons
distraitement à de nouveaux venus le loisir de s'installer
dans les bons coins, du côté de l'ombre. Le soleil des
Espagnes ne tardera pas à nous faire sentir les inconvénients de notre imprévoyance. Toutefois, les stores de
gauche une fois baissés, ces rayons, qui mettent à sec les
rios de la Péninsule, ne tariront pas notre entrain. Pas

[1] Inscription gravée sur le socle d'une croix érigée dans l'enceinte
du monastère de Montserrat : (ici la Sainte Image se fixa immobile
en 880).

.une note ne sera perdue dans le gazouillis français d'une aimable señora, où mille « chosettes » gracieuses empruntent un charme de plus au léger accent avec lequel elles sont dites.

La voie longe d'abord le *ferro carril* de France. Par la portière de droite, nous voyons défiler les hautes cheminées, les usines et les villas fleuries de la banlieue de Barcelone.

Un caballero des plus courtois, qui voyage à côté de nous, nous fournit d'intéressantes indications, tandis qu'en traversant de riches plaines, nous dépassons Sabadell, la ville industrielle surnommée le *Manchester* catalan, Tarrassa, autre centre de fabriques, Olesa. Puis ce sont des sites accidentés et sauvages, une série de tunnels et, vers quatre heures, nous prenons pied en gare de Monistrol.

De la station à mi-côte, nous avons une vue pittoresque de la vallée du Llobregat, avec les blanches constructions de la petite ville, dans le bas, et, comme dernier plan du tableau, l'étrange masse déchiquetée de dentelures, qui forme la « reine des montagnes espagnoles ». — C'est le « *Mont Siat* » sur lequel Charlemagne ordonnait, en l'an 986, de planter sa bannière, le mont qui, dans les armes parlantes de son « Royal monastère » figure surmonté d'une scie, la montagne sciée, — en catalan, « *el Montserrat.* »

Mais nous n'avons le loisir ni d'épiloguer sur les étymologies, ni d'admirer le paysage. Il faut se hâter de prendre ses places sur le chemin de fer à crémaillère qui doit nous hisser au but de notre voyage et dont l'embarcadère est situé à une centaine de mètres en contre-bas de la ligne de Saragosse.

On se case, et nous voilà partis, non sans de multiples signes de croix de la part des señoras, car déjà la voie dégringole, par une descente accentuée, pour traverser la rivière à une trentaine de mètres au-dessus des eaux, sur un pont d'aspect étroit et fragile qui n'a pas moins de 112 mètres de longueur. Puis on escalade les hauteurs. A mesure que nous nous élevons, les précipices se creusent à nos côtés.

— *Ay ! Chica !* s'écrie en se rejetant vivement en arrière, une señorita qui s'était penchée à la portière.

— *Chiquita !* répond sa jeune sœur.

Ce court dialogue, dont il faudrait pouvoir traduire les modulations, exprime sans doute le dernier mot d'une émotion assez légitime, car nous gravissons des pentes de 45 degrés, en côtoyant des abîmes.

Les collines dessinent, au-dessous de nous, dans un tournoiement tourmenté, les strates de leur construction géologique. Les tranchées de la voie mettent à découvert les couches puissantes d'un poudingue postérieur à l'époque numulitique, dont les graviers et les cailloux, longtemps roulés par les eaux, se sont conglomérés, puis solidifiés sous l'énorme pression du calcaire supérieur.

Cependant la montagne prend un aspect plus sauvage. La mince couche de terre n'est plus cultivée, mais les rochers sont bordés de plantes aux parfums alpestres.

De lacets en lacets, un dernier promontoire doublé, la voie pénètre dans un tunnel, au sortir duquel nous débouchons en gare, au pied du mur d'enceinte du monastère. Nous sommes, par 887 mètres d'altitude, à flanc de coteau d'un repli de la montagne, ouvert du côté du levant et au centre duquel dévale le torrent de Santa Maria.

Le spectacle est saisissant.

Ces chauves sommets qu'une convulsion géologique a projetés vers les nues, en les brisant et les démantelant comme une forteresse sautée à la mine, sont retombés, en blocs étagés les uns sur les autres, dans le plus périlleux équilibre. Chaque cime, séparée de sa voisine par des abîmes, se profile en cônes aigus, en aiguilles colossales, en silhouettes étrangement variées et capricieuses. La roche, d'un gris bleuâtre, où tranchent par endroits des teintes roses, jaunes ou brunes, effritée et polie sous l'influence des agents corrosifs de l'atmosphère, est absolument aride ; mais par les interstices, entre les blocs, à chaque fissure, la flore verdoie et fleurit.

Par quelle suite d'événements cette solitude s'est-elle animée ?

Voici d'abord la légende mystique :

En l'an 880, de jeunes bergers ont aperçu des lueurs, à l'ouverture d'une grotte, d'où s'échappent des harmonies célestes, tandis que les parfums les plus exquis embaument les alentours.

C'est l'image de la *Mare de Deu*[1] qui révèle miraculeusement sa présence.

La sainte statue, œuvre de Saint-Luc (?), apportée par Saint-Pierre à Barcelone en l'an 50 de Jésus-Christ et vénérée en cette ville dans l'église des SS. Just et Pastor, où on la désignait sous le nom de la *Jerolomitana*, avait été, vers 718, cachée dans cet abri, en vue de la soustraire aux profanations des sarrasins qui ravageaient la contrée.

Désireux de la restituer au culte, l'évêque Gundemaro entreprit de la transférer processionnellement dans sa cathédrale de Manresa. Mais, quand ils arrivèrent sur les lieux où s'élève aujourd'hui le monastère, les porteurs ne purent détacher leurs pieds du sol, et force fut d'élever un sanctuaire au point où par ce prodige la vierge manifestait sa volonté d'être honorée.

Nous passerons sur l'autre légende non moins merveil-

---

[1] En catalan, la Mère de Dieu. — Le castillan dirait *Madre de Dios*.

leuse du solitaire *Juan Garin*. — A quoi bon troubler le repos millénaire de cet anachorète fautif, en racontant le forfait, dont il fut d'ailleurs manifestement absous, après une héroïque pénitence ?

Riquildis, sa victime miraculeusement sauvée par la Sainte Vierge, obtint du comte de Barcelone, Wifredo II, dont elle était la fille, qu'il fondât un couvent de religieuses auprès de l'oratoire consacré à sa divine protectrice. Elle en fut la première abbesse en 898.

Quatre vingts ans plus tard, le pays étant troublé de nouveau par les invasions sarrasines, le comte Borrell trouva prudent de remplacer les pieuses sœurs par un prieuré de moines bénédictins, lequel fut érigé, vers 1410, en abbaye rattachée directement au Saint-Siège. L'abbé, crossé, mitré, jouit depuis lors des privilèges pontificaux.

L'église primitive était de style roman, comme on en peut juger par un portail subsistant encore à l'état de ruine. Le révérend abbé Julian de la Rovera qui devint pape, plus tard, sous le nom de Jules II, entreprit de la restaurer vers 1460 et y adjoignit un cloître gothique.

Mais la prospérité toujours croissante du monastère exigeait encore des agrandissements. Dès 1489, d'importants déblaiements furent entrepris, pour dégager et approprier la surface nécessaire à de nouvelles constructions. Ferdinand V et Isabelle-la-Catholique, étant venus déposer leurs hommages aux pieds de la Vierge, fournirent des fonds, grâce auxquels les fondations furent entreprises dans les conditions de la plus haute perfection réalisée à cette époque. Le bâtiment s'élevait, du flanc du ravin, jusqu'au niveau actuel du pavé de l'église, avec un appareil dont on remarque encore la beauté, quand la mort des souverains donateurs arrêta les travaux.

En 1559, le révérend abbé Garriga s'appuya sur les constructions dues à cette munificence pour ériger le beau temple dont la consécration eut lieu finalement en 1592.

La Sainte Image y fut transférée le 5 juin 1593, en présence du roi Philippe III.

De 1755 à 1767, on construisit le monastère actuel et les bâtiments de la « *Escolania* », sorte de maitrise-séminaire où sont élevés une trentaine de jeunes garçons, dans le but principal d'ajouter à la solennité du culte. Cette institution dont le couvent s'honore, en raison des progrès qu'elle a fait réaliser de longue date à la musique chrétienne, remonterait, suivant certains auteurs, à la création du prieuré de 976. On a, du moins, des indications positives de son existence en 1456. Elle possède une belle bibliothèque musicale, que, par une faveur spéciale des Souverains Pontifes, ses professeurs ont le droit d'enrichir de copies recueillies parmi les compositions de la Chapelle Sixtine.

Faut-il ajouter que tous les rois d'Aragon et d'Espagne, les souverains de diverses nations, de nombreux grands seigneurs et les générations de fidèles avaient contribué à l'embellissement du sanctuaire vénéré ? Son trésor avait atteint la splendeur la plus grandiose, quand, Montserrat étant devenu le fort de la résistance catalane contre l'armée française, le monastère et l'église furent envahis, saccagés, hélas ! et en partie incendiés en 1811 et 1812 par les soldats de Suchet.

Dans cette catastrophe, les moines avaient sauvé la Sainte Image ; mais, avant qu'ils eussent achevé de réparer le désastre, les troubles de 1823 et de 1831 leur suscitèrent de nouvelles épreuves. La statue vénérée dut être, de nouveau, deux fois déplacée et ne se trouva finalement rétablie dans son sanctuaire qu'en 1844. Encore la sécurité ne pouvait-elle lui être acquise au milieu des incertitudes auxquelles demeuraient soumises les Congrégations religieuses de la Péninsule.

C'est seulement quand la situation de la Communauté bénédictine fut légalement assurée, dans le Concordat de 1851, qu'on put entreprendre de restituer au Sanctuaire son ancienne magnificence. Un comité se forma dans ce but, sur l'initiative du feu Duc de Montpensier. Depuis lors, grâce à cette organisation, à de nouveaux dons et à l'affluence des pèlerins, Montserrat renaît à une nouvelle prospérité.

Munis sommairement de ce bagage historique et, nos sacs de voyage à la main, nous voici franchissant le portail de l'enceinte monacale.

L'effet d'aspect des bâtiments est médiocre, de ce côté ; les dépendances du couvent s'étendent sans plan uniforme, avec des styles divers, ou dépourvus de style.

Nous nous dirigeons, avant tout, vers le *despacho de aposentos* (bureau des logements) ; car d'après la règle de saint Benoît, tout voyageur est logé gratuitement pendant son séjour, qui ne peut d'ailleurs dépasser trois fois vingt-quatre heures. Don José se trouve en pays de connaissance avec le R. P. *aposentador*, religieux fort courtois, qui nous assigne immédiatement deux habitations de choix, sises au rez-de-chaussée du monastère moderne.

Pénétrons dans ce grand bâtiment formant les trois côtés d'un carré qui aurait pour base la façade de l'église et dont les étages supérieurs sont occupés par les religieux bénédictins, au nombre actuel d'une centaine environ, dont vingt-quatre Pères munis de la prêtrise.

On dit que le plan primitif n'a pas encore reçu son entière exécution et que la partie restant à réaliser aurait comporté une autre cour intérieure précédée d'un corps d'édifice avec façade gréco-romaine et escalier monumental. Ce que nous en voyons est l'œuvre de l'architecte Don Juan Careño, qui fut aussi l'auteur d'un projet du château-fort de Figueras. La parenté d'origine explique sans doute pourquoi ces grandes façades et les arcades sans caractère de la cour semblent dues à la réminiscence d'un dessin de caserne.

L'aposento qui nous échoit est pareil à celui de nos amis. C'est un logement complet, avec cinq lits, une cuisine et des dépendances intimes. Le tout est sous voûte, peint sobrement à la détrempe et convenablement propre d'ailleurs.

Nous ouvrons la fenêtre extérieure pour respirer l'air de la montagne, et ce n'est pas sans une vague impression de vertige que nous comptons trois étages sur l'abîme au-dessous de notre rez-de-chaussée, surmonté lui-même de trois autres étages, avec une hauteur de 36 mètres. L'embrasure accuse une épaisseur de mur de 2^{m}52.

— *Bueno !* L'architecte a, du moins, assuré la solidité de sa forteresse !

A peine avons-nous procédé à notre installation et reconnu rapidement la situation des divers bâtiments bordant les cours irrégulières du monastère, que la cloche annonce la cérémonie du rosaire, après laquelle sera chanté le *Salve Regina*.

L'église, d'une seule nef, est sombre en ce moment. Le rare luminaire du maître-autel accentue l'obscurité malgré les vagues reflets d'or que lui renvoient les parois de l'abside.

Un révérend Père est en chaire, récitant les versets du rosaire. Une vingtaine d'*escolanos* [1], de 8 à 14 ans, tête

[1] Élèves de l'Escolania-maîtrise.

rase, soutane noire, rochet blanc sans manches, sont agenouillés en chapelet autour de la marche de l'autel, donnant avec ensemble les répons. — On dirait un cordon d'hirondelles posées sur une corniche.

Après le rosaire se déroulent plusieurs litanies suivies de longues prières. Puis la psalmodie du révérend Père s'éteint. La chaire est vide et nos oisillons ont disparu derrière l'autel, d'où, soutenus par l'harmonium, ils chantent les *goigs de Nostra Señora de Montserrat* [1]. Ce sont des cantiques en langue catalane, naïfs de texte et de mélodie, que relève un caractère particulier de couleur locale et de piété ingénue. Les voix sont fraîches et justes, l'exécution nuancée; on sent la main d'un maître de chapelle compétent.

Cependant l'autel commence à s'éclairer. Chaque cierge, chaque lustre qui s'allume révèle dans l'abside de beaux reliefs architecturaux, des dorures, des sculptures, des peintures d'une grande richesse. La statue vénérée trône dans son *camaril* [2], et, tandis que le reste de l'église demeure dans l'ombre, le sanctuaire se manifeste à nos regards dans son éclatante splendeur.

Le *Salve Regina* est alors entonné du haut de la tribune des religieux, située au-dessus de la porte d'entrée. L'orgue remplit la nef de ses ondes sonores; la maîtrise marie les accords de ses voix argentines aux notes graves des Pères, et le chant liturgique se développe dans toute sa beauté.

Ces clartés sorties de l'ombre, ces éclatantes harmonies étreignent nos cœurs en une pénétrante émotion et, modestes touristes, nous pouvons répéter les paroles prononcées jadis ici-même par l'empereur Charles-Quint :

[1] Littéralement *les joies*, — chants de réjouissance.
[2] En castillan *camarin*, — chambre, petite chambre, loge.

..... « Dans les murs de ce sanctuaire..... je sens..... une certaine déité que je ne sais qualifier. »

Mais si l'homme ne vit pas seulement de pain, encore lui faut-il, après l'aliment divin de l'âme, quelque nourriture matérielle. C'est de quoi nous avions maintenant à nous enquérir.

Les bons Pères ont prévu le cas, en permettant l'installation d'un restaurant, où nous sommes accueillis par un majordome très correct et des garçons à l'avenant.

Nous trouvons à l'étage supérieur des tables ornées de fleurs et nous nous installons pour diner, comme si nous étions à Barcelone, sur *la Rambla*, ou mieux *Plaza Real*, au *Restaurant de France*, dans lequel, suivant un témoignage grand-ducal, confirmé par votre humble serviteur, on mange aussi bien qu'à Paris.

A défaut de la mémoire de l'estomac, il faut en avoir la reconnaissance.

Je dirai, pour donner une idée de notre menu, qu'il débuta par un potage à la bisque, suivi de fines croquettes à la crème de volaille. Quant au surplus, je n'ai souvenance que de certain hachis d'un poisson dont je n'ai pu retenir le nom, bien que j'en aie mangé pendant deux jours, pour l'avoir effleuré d'une fourchette craintive.

En dehors de ce tribut payé à la cuisine de *tra los montes*, nous n'avons eu qu'à louer sans réserve, ainsi d'ailleurs que nous l'avons déclaré, lorsqu'on est venu courtoisement s'enquérir de notre degré de satisfaction.

Quand nous quittons le restaurant, la nuit est venue depuis longtemps.

La longue façade blanche des *aposentos* laisse seule percevoir un vague reflet. Tout est clos ici et silencieux.

Au-dessous de nous, les noires frondaisons du val, dans

le creux duquel le torrent lui-même écoule discrètement son eau. — Au-dessus, un ciel resplendissant. La pureté de l'air semble donner un éclat plus brillant aux étoiles. On les voit scintiller jusqu'à travers les dentelures allongées des étranges blocs qui nous dominent, comme si la Reine des Cieux avait voulu envelopper le sanctuaire de son choix dans les plis de son divin manteau.

Un tel spectacle exclut les causeries mondaines. Nous échangeons nos impressions sur ce mystère de la foi qui peupla les solitudes des Thébaïdes. Puis, chacun se renfermant dans sa rêverie, le silence s'établit entre nous, comme dans tout ce qui nous entoure ; mais nos cœurs sont émus à l'unisson et nous prolongerions avec bonheur la promenade, si la fraîcheur de l'air ne nous rappelait aux réalités de l'existence.

Ici se place un incident imprévu.

Rentrés dans nos *aposentos* respectifs, nous retrouvons sans peine, à la lueur des allumettes, les bougeoirs que nous avions vus, dans le jour, sur nos tables. Seulement ils sont vides. — La stéarine, la cire, ni le suif lui-même ne figurent, hélas ! dans le catalogue des fournitures conventuelles gratuites.

En vain Doña Soledad tente-t-elle d'allumer une lampe à pétrole qu'elle a découverte chez elle. La mèche se carbonise et s'éteint faute d'huile.

— Faudra-t-il nous installer à tâtons pour le coucher, dans ces logis compliqués où l'on est deux en présence de cinq lits ?

Pendant que ces dames s'efforcent de se rassurer mutuellement contre les appréhensions de la nuit et des ambiances monastiques inconnues, nous partons, Don José et moi, à la recherche de la lumière.

La N ª S ª nous tient en évidente estime, car nos instances aboutissent, contre tout espoir, à nous faire rouvrir le restaurant malgré l'heure indue. Sur le seuil, — ô surprise ! — nous échangeons des poignées de main avec notre aimable caballero du wagon, lequel n'est autre que le maître de céans.

Accueil parfait. — On rallume les grandes lampes de la cuisine et des offices, pour nous faire admirer l'organisation qui permet, au besoin, d'héberger, dans les jours d'affluence plusieurs milliers de personnes... — mais de chandelle point ! — on cherche vainement de tous côtés ; quand, après des explorations réitérées et au moment où nous désespérions de réussir, l'employé du comptoir finit par découvrir, dans le fond d'un tiroir, le reste d'une bougie entamée qui nous est équitablement partagée et libéralement octroyé à titre gracieux.

C'est ainsi qu'il fut donné à deux pèlerins d'arracher de chères âmes à l'horreur des ténèbres intérieures ! — Le bienfait de ce résultat miraculeux devint encore plus manifeste quand, l'air de la montagne s'étant singulièrement avivé, il nous fallut, vers le matin, emprunter des couvertures supplémentaires aux lits inoccupés de nos chambres de famille.

Au réveil, le soleil levant dore nos fenêtres.

C'est aujourd'hui dimanche. A dix heures grand'messe solennelle, suivie du Salut et de la visite au *Camaril*. Le programme est de parcourir avant la cérémonie les alentours du monastère.

En conséquence, nous absorbons rapidement, au restaurant, un chocolat très médiocre — comme tous ceux, d'ailleurs, qui nous ont été servis dans cette Espagne où mes rêves avaient placé le paradis des chocolatiers — oh !

les illusions ! — et nous sortons par l'angle N.-O. de la cour des arcades en longeant le côté nord de l'église.

Voici le « *safreitx* », bassin d'une capacité supérieure à 10.000 hectolitres, construit en 1749, pour recevoir au moyen d'un canal d'environ 400 mètres de longueur, les eaux du suintement des roches de la montagne. Ce réservoir, précieux en temps de sécheresse, assure l'arrosage d'un grand jardin potager que les moines sont parvenus à créer au moyen de nivellements et de transports de terre végétale.

Du pied du mur du bassin, on se rend au point de captage des eaux par la promenade dite *de los degotalls*, développée horizontalement sur une longueur d'environ un kilomètre, avec des points de vue variés.

Au retour, on trouve sur le plateau même du safreitx, l'antique chapelle « *de los santos hermanos Asisclo y Victoria* », le frère et la sœur martyrisés ensemble à Cordoue. Le culte y fut organisé au vi⁰ siècle par des Bénédictins établis à Monistrol. Après avoir eu la gloire de servir au dépôt de la Sainte Image, pendant que s'élevait le premier oratoire de la Vierge sur le Montserrat, elle fut en partie démolie par les Maures, longtemps abandonnée, puis rendue au culte en 1824. L'autel qui la décore avait appartenu à l'église primitive. Restauré par Don B. Cabanes, il est conservé à titre de monument historique.

C'est ici que la légende plaçait *la campana del milagro*, une cloche miraculeuse qui tintait toute seule au passage de Juan Garin *cuando inocente,* c'est-à-dire avant sa faute, et sonnait à toute volée ou faisait entendre des trilles joyeux, à chaque miracle de la Vierge.

Une allée de cyprès et d'arbustes verts conduit au bout du plateau, jusqu'à un *mirador* où sont installés une table et un banc de pierre. La vue s'y étend des Pyrénées à la mer, en embrassant tout le bassin du Llobregat. On affirme même que, par les temps clairs, on peut distinguer les Baléares, éloignées pourtant de près de 350 kilomètres.

— « *Balcon hermosisimo y riquisimo para un poeta inspirado* » ! s'écrie avec enthousiasme dans le *Guia de Montserrat*, le bon pèlerin que « *el amigo del viajero* » promène en dialoguant à travers la montagne.

Mais l'heure presse. Le temps d'acheter, à la *tienda de medallas*, les objets de piété que ces dames veulent donner à bénir au Père, en les faisant toucher à la sainte statue et nous arrivons à la messe, comme on chante le Kyrie.

La façade de l'église présente, pour toute décoration, une ancienne rosace aveuglée et un portail formé de deux corps superposés où le style renaissance dégénère en « *churriguera* » (c'est le nom espagnol du rococo). L'ensemble, désemparé de la plupart des statues encadrées jadis entre ses colonnes, n'offre pas un grand intérêt et sera utilement compris dans les réfections en cours.

La nef est élégante et majestueuse (68 m de long sur 15 m 65 de large et 33 m 32 de hauteur de voûte.) Une splendide grille en fer forgé relevé de dorures, don du roi Ferdinand VII, la partage transversalement, dans le but d'en mettre la plus grande partie à l'abri des spoliations. Les chapelles latérales sont pareillement clôturées par des grilles élégantes.

De grands travaux, exécutés sur les plans de Don Francisco Villar Carmona, ont fait disparaître les traces de l'invasion et de la guerre civile. On a remanié le caractère de l'architecture en lui substituant les splendeurs d'un style byzantin, où la richesse des lignes se marie aux tons d'une harmonieuse polychromie.

Les murs latéraux sont divisés en deux corps, de façon à superposer une chapelle ou une tribune à chacune des six chapelles de chaque côté. Le premier corps est supporté par de belles colonnes adossées, de dessin octogonal, que surmonte une large corniche. La partie supérieure, plus légèrement et très richement décorée, subdivise en trois baies élégamment ajourées la largeur de chaque arceau.

La corniche de la nef se prolonge autour de l'abside, surmontant des parois revêtues d'un décor entièrement doré qui porte lui-même sur un soubassement de beaux marbres. A chaque pilier est adossée la statue d'un saint ayant appartenu à l'ordre de saint Benoît. L'intervalle des arêtes d'arcs unies à la clef de voûte est couvert de peintures.

L'autel, marbres et or, repose sur onze colonnes de marbre de Figueras. La porte du tabernacle également en marbre d'une rare nuance crémée, est rehaussée d'incrustations d'or, d'émaux et de pierreries.

Au fond, dans son *camaril*, domine la sainte statue, au-dessus de laquelle se développe un arc de triomphe. Sur les côtés, les archanges Gabriel et Michel ; au centre, quatre anges soutiennent une sorte de candélabre grandiose formé d'un entrelacement de couronnes votives.

Il est difficile de concevoir un ensemble de plus noble effet.

Plusieurs chapelles latérales ont été refaites à neuf ; on les refera toutes successivement. Sans entrer dans le détail, il suffira de constater qu'on procède à cette réfection avec autant de luxe que de recherche artistique. La chapelle du Christ est la plus importante de toutes comme dimensions et surpasse les autres en somptuosité : les canons, le tabernacle et une magnifique lampe, suspendue y sont en argent massif.

Après le *Salve Regina* d'hier soir, nous comptions sur une belle cérémonie et n'avons pas été déçus. Mais l'impression n'est plus la même.

Hier, la distance était grande de la nef sombre et presque solitaire au Sanctuaire radieux. Il semblait que la prière et nos âmes eussent à s'élever jusqu'à des gloires inaccessibles. — Aujourd'hui, l'assistance est nombreuse, car il est venu du monde tant par le *ferro carril* que par les divers modes praticables de locomotion. Les rayons du soleil, tamisés par les vitraux, se combinent avec les feux liturgiques pour nous entourer d'une lumière diffuse. L'élégance artistique de ce beau temple, la solennité du culte, la voix de l'orgue maniée avec un sentiment délicat et profond semblent s'épanouir en un mystère de joie, au sein duquel nous trouvons doux de nous laisser vivre, comme dans une atmosphère d'idéale sérénité.

La Vierge elle-même serait-elle descendue plus près de nous, pour nous initier tous, y compris un vieux réfractaire de ma connaissance, aux félicités du « chaste et bel amour » dont Fra Quirico, le pieux bénédictin du vi[e] siècle, voulut inaugurer le culte sur cette montagne autrefois consacrée à Vénus ?

Depuis leurs spoliations, les révérends Pères ont renoncé à exhiber au public les trésors que recèle leur quadruple sacristie. Mais le pèlerin a de quoi se dédommager par la visite au *camaril*.

Celui-ci est précédé d'un *avant-camaril* formant une abside secondaire appuyée au chevet de l'église et flanquée de deux absidioles, dans les escaliers desquelles on remarque de belles rampes modernes, en fer forgé.

La décoration intérieure de l'*avant-camaril* n'est pas terminée. On peut prévoir, par ce qui en existe, qu'elle sera assortie à celle du *camaril* proprement dit, où sont accumulées de merveilleuses splendeurs. C'est dire qu'elle dépassera les richesses de la nef, des chapelles latérales et du Sanctuaire lui-même.

La *nostra*[1] *señora de Montserrat y perla de Cataluña* est assise sous un magnifique baldaquin en bronze doré, tenant l'enfant Jésus sur ses genoux et portant en tête la couronne reproduite d'après celle de Charlemagne.

Les fidèles arrivent, un par un, jusqu'à elle par un petit escalier double, en fer ouvragé. Puis, comme ils se retirent après avoir baisé sa main, on entend, au bas de la volée de descente, leur offrande tinter sur un bassin de métal tenu par un *escolano*, dont par-dessus les épaules de la nombreuse assistance qui nous précède, j'entrevois l'attitude immobile et recueillie.

Cette vue édifiante évoque dans mon esprit, avec un sentiment d'infériorité contrite, l'époque lointaine où, sous l'influence de ma feue tante Barette[2], désireuse de me suggérer une sainte vocation, je tenais, tous les dimanches, l'emploi des Eliacin, en notre église paroissiale de Saint-Pierre, de P... Je sens encore le regard clignotant et sévère de M. le curé R. pesant sur ma tête enfantine, qui sans cesse évoluait en tous sens, malgré mes fermes propos de sagesse et mon grand désir d'être — ou, tout au moins, de paraître — sérieux.

Je fus, je l'avoue, bien coupable un certain soir. — Ce n'est certes pas l'*escolano* correct ici présent qui se serait ingéré d'assister à la cérémonie du « Salut », après avoir subrepticement introduit un jeune oiseau vivant entre sa chemise et son cœur, au mépris de toutes convenances et de certains inconvénients intimes. — « Friquet », je dois

---

[1] *Nostra* (nôtre) est catalan ; on dit en castillan *nuestra*.
[2] Diminutif de Barbe.

le dire, n'était pas un moineau vulgaire. Il vous aurait séduit par son air crâne et sa grâce lutine, lorsqu'à mon appel, il venait, en sautillant, gober une mouche prisonnière de guerre, ou picorer une cerise au bout de mes doigts. Quant à moi,

J'étais féru pour lui d'une amour sans seconde ;

mais notre vénérable archiprêtre, — un saint homme, — n'était pas pour pactiser avec mes emballements passionnels. A l'issue de la cérémonie, il saisit dans mon sein le corps... du délit et le rejeta, le cou tordu, sur la dalle de la sacristie.

— Ton crime, infortuné Friquet, avait été de pépier une partie naïve de soprano dans le chant du *Tantum ergo*, pendant que je présentais l'encens au redoutable sacrificateur.

L'horreur de ce drame détermina la cassure entre le Sanctuaire et moi. Tante Barette quitta la terre après avoir perdu l'espoir que son neveu indigne deviendrait l'oint du Seigneur rêvé par sa piété.

On excusera, j'espère, en raison d'un si grave résultat, cette digression autobiographique, pendant laquelle notre tour est venu de rendre à la Vierge divine l'hommage de notre vénération.

Recueillons-nous donc et gravissons avec respect les quelques degrés qui conduisent au pied du trône. En baisant la main qui porte le globe surmonté d'un lys, j'ai pu envelopper d'un rapide regard le visage de la sainte statue, dont l'impressionnante beauté semble ajouter un éclat de plus aux splendeurs qui l'environnent. Sous le teint bronzé de la Sulamite — *nigra sed formosa* — les traits nobles et réguliers sont empreints d'une expression hiératique de grâce souveraine et souriante,

Le *Guia de Montserrat* parle d'une odeur suave exhalée par la sainte Image, bien que les Pères n'aient employé, sur elle ni autour d'elle, aucun parfum.

Il signale aussi comme « providentiel » et « prodigieux » que les innombrables fidèles dont, depuis plus de mille ans, les lèvres se sont pressées sur la main de la statue, n'y aient produit aucune altération, alors que le socle de jaspe sur lequel repose, à Saragosse, la *Virgen del Pilar*, a subi une usure très sensible.

N'ayant eu connaissance de ces observations que postérieurement à notre visite d'adoration, je n'ai pas porté mon attention sur les deux points qu'elles signalent et n'ai fait, par suite, aucune remarque à leur égard. J'avais toutefois, en admirant la belle tête de la Vierge, constaté la netteté, la pureté intacte de conservation de ses lignes et contours. La fraicheur en est telle qu'on la dirait sortie à l'instant des mains de l'ouvrier. Peut-être — au point de vue d'un étroit positivisme — serait-il permis de se demander ce qu'il faut le plus admirer du talent de l'auteur ou de la *madera incorrupta* dont celui-ci fit usage, au Ier siècle de l'ère chrétienne.

Je n'eus garde, en me retirant, de marchander mon obole à notre gentil *escolano*.

Il me fallut, par exemple, rabattre de mon admiration pour l'immobilité de son attitude, quand, arrivé devant lui, je me trouvai en présence d'une statue de grandeur naturelle, dont le modelé et la polychromie ont poussé jusqu'au plus haut degré la perfection du trompe-l'œil.

Au déjeuner du restaurant, nous constatons le triomphal honneur rendu près de nous à l'*arrós* [1] national par trois

---

[1] Le riz, élément important de la cuisine locale.

négociants de Barcelone. Ces caballeros stimulent leur ferveur en décoiffant une bouteille de champagne. — Ils nous paraissent entendre le pèlerinage et l'existence.

Les tables occupées sont assez nombreuses pour que nos femmes, dont l'intuition en la matière est tenue pour impeccable des deux côtés des Pyrénées, puissent nous désigner à coup sûr, dans notre salle, trois couples de nouveaux mariés, — six joueurs à la grande loterie, qui sont venus, suivant un usage fréquent, demander à Notre-Dame de leur assurer un bon numéro !

Le couple A est formé de deux bons petits adolescents, serrés l'un contre l'autre, minces, amoureux, timides et très intéressants ; — que la bonne Mère les protège !

Dans le couple B, l'époux, un superbe *pollo*, bien en muscles, bien en chair, enveloppe d'un regard de triomphante tendresse la señorita qui se donne toute à lui, des yeux et du cœur. — La sainte Vierge aura là, sans doute, une sinécure !

Quant au couple C, me trouvant dans la patrie de Figaro, je n'y voulais voir qu'une Rosine escortée de Bartolo. — Mais ces dames affirment, et j'obtempère. — Donc cette brunette, svelte et pimpante, à qui la mantille sied si bien, est tenue d'aimer de toute son âme, à la vie, à la mort, le barbon replet et mûr que voilà. — La *mare de Deu* est chargée du miracle !

Après avoir fait une station à la fontaine *del portal*, dont la température varie, suivant les saisons, entre 7° 5 et 13° 7 centigrades, — puis avoir visité la chapelle *dels apostols*, qui n'offre qu'un médiocre intérêt, nous aurions dû nous rendre à la *cueva de Garni* et à la *cueva de la Virgen*.

La première est une concavité naturelle du roc, sous

laquelle un homme de taille ordinaire ne saurait se tenir debout. Déclaré indigne par le Pape de lever vers le ciel une figure humaine créée à l'image de Dieu, le solitaire dont elle porte le nom y était venu, en marchant, depuis Rome, sur ses mains et ses genoux. Il y vécut dans la même posture pendant les années de sa rude pénitence, sans prononcer une parole ni prendre d'autre nourriture que les herbes sauvages de la montagne.

L'ascension comporte un raidillon trop dur pour nous.

Quant à la seconde, c'est la grotte miraculeuse de 880, sur laquelle, en souvenir de la découverte de la Sainte Image, il existe une chapelle richement restaurée, — mais la course exigerait de deux à trois heures. C'est plus de temps qu'il n'en reste à notre disposition.

Tout n'est point dit, d'ailleurs, sur Montserrat, quand on a parlé de son royal monastère et de ses dépendances immédiates.

Bien avant la création du premier couvent préposé à la garde de la Sainte Image, la montagne avait servi d'asile à des anachorètes adonnés solitairement à toutes les austérités de la vie ascétique.

Parmi eux put se rencontrer quelque grand coupable repentant. Car, dans les temps troublés de la conquête des Goths, la force brutale dégagée de tout frein était sujette à susciter des assouvissements farouches, suivis parfois de farouches expiations. — Tel fut le cas de Juan Garin.

Les autres, — âmes justes, éperdûment tournées vers l'aurore lumineuse de la croix — s'échappaient de l'angoisse ténébreuse du Monde barbare, pour se réfugier dans la mortification des sens, la prière et la contemplation. — Dès le iiie siècle, saint Paul l'ermite, le Grand Antoine, les Pacôme, les Hilarion et tant d'autres n'avaient-ils pas marché par des voies identiques vers la sanctification et le salut ?

Les solitaires de Montserrat vécurent longtemps indé-
pendants. Mais au xv⁰ siècle, lorsque la Communauté
bénédictine eût étendu le domaine qui lui avait été primiti-
vement concédé, en 986, par le comte Borrell, et développé
sa puissance, on les trouve groupés avec une organisation
commune, sous la dépendance du monastère.

Soumis à la règle de saint Benoit, et quoique non
obligatoirement munis de la prêtrise, ils devinrent de
véritables moines bénédictins, astreints à passer par le
noviciat et liés par les vœux monastiques, auxquels ils
ajoutaient celui de ne jamais quitter Montserrat.

Un R. Père, spécialement délégué par l'Abbé, avec le
titre de *Vicario de la Montaña*, les tenait sous une étroite
obédience et vivait dans les constructions attenantes à
l'église de *santa Ana*, qui, placée en un point relativement
central, constituait leur paroisse cénobitique. Ils avaient
là un chœur muni de treize stalles, où ils venaient entendre
la messe et les exhortations du Père vicaire. C'est là aussi
qu'ils recevaient les sacrements et célébraient les offices
réglementaires.

Les ermitages, en nombre égal à celui des stalles du
chœur de *santa Ana*, furent organisés d'une manière à peu
près uniforme : chacun d'eux présentait, à côté de son
oratoire, une petite habitation cellulaire, une citerne et un
jardinet.

Sans égaler l'ascétisme de certains de leurs prédécesseurs du moyen-âge, les ermites bénédictins y vécurent
d'une existence d'ailleurs austère, sévèrement et sagement
ordonnée. Leur temps se partageait, à heures fixes, entre
les prières rituelles, la méditation, le travail manuel,
l'alimentation et le repos.

Ils étaient tenus à l'abstinence pendant toute l'année
et jeûnaient tous les jours, du 13 septembre au dimanche

de Pâques. De cette fête à celle de la Pentecôte ils ne jeûnaient que le vendredi ; mais, pendant le reste de l'année, la pratique s'appliquait également au mercredi.

Toute fréquentation leur était interdite, et il ne leur était même pas permis d'entretenir auprès d'eux un animal familier.

A deux heures de la nuit, chacun agitait sa cloche annonçant les matines, ainsi que devaient être annoncés, d'ailleurs, tous les actes réglementaires de la journée. Quand la sonnerie manquait à l'un des ermitages, le plus voisin cénobite était tenu de venir s'informer du motif de ce silence. Les exercices religieux auxquels les ermites se livraient en commun prenaient fin d'ordinaire au lever du soleil. C'est dire qu'en toutes les saisons et par tous les temps, il leur fallait se rendre nuitamment à l'église *santa Ana*, quelles que fussent les difficultés du parcours. Or, ne perdons pas de vue que les ermitages étaient disséminés dans les recoins les plus solitaires et les plus accidentés de la vaste montagne dont le périmètre ne développe pas moins de 22 kilomètres.

Leur régime, quoique dépourvu du confort que recherche notre hygiène moderne, n'altérait pourtant ni la sérénité ni la santé des « *Padres ermitaños* ». Le docteur Don Manuel Arnús a calculé, sur une période de 300 ans, la durée de leur vie moyenne à 71 ans, 1 mois... et 3 jours !

Ces trois jours, — une perle de statistique ! — nous rappellent que la longévité n'est, hélas ! qu'une des formes de l'inconsistance humaine.

Depuis la débâcle de 1811, les ermitages sont abandonnés. Ils s'effondrent en ruines journellement effritées par les intempéries. Leur exploration peut néanmoins offrir un vif intérêt ; elle nous aurait conduits à parcourir des sites variés et pittoresques. — Malheureusement nous sommes deux, au moins, dont elle aurait dépassé l'endurance.

Dans ces conditions, nous laissons à de plus vaillants l'honneur de la carrière et, nonobstant un regret particulier à l'adresse de l'ascension à « *San Jeroni* », d'où, par 1450 mètres d'altitude, nous aurions joui, parait-il, du plus beau coup d'œil d'Espagne, nous nous résignons aux préparatifs du retour.

Comme nous prenons congé de l'aimable Père *aposentador* en le priant d'agréer nos remerciments et en lui remettant nos offrandes, on nous annonce la procession dominicale du Rosaire qui va parcourir toutes les cours de l'enceinte.

Un R. Père, revêtu de la chape, porte dans ses mains une précieuse et très ancienne statuette de la Vierge. Il s'avance précédé de trente *escolanos* qui marchent sur deux files dans le costume que vous savez. Les petits vont devant, les bras croisés sous le rochet blanc, sérieux, recueillis, leurs têtes rondes aussi immobiles que celle du bonhomme du *Camaril*. Les derniers ont en mains des instruments de musique : 2 violons, 2 flûtes, 4 cuivres de fabrication peu moderne. — A la psalmodie de l'*Ave Maria* par le prêtre répond le chœur ingénu des *escolanos* accompagné de leur musiquette.

Entre nous, l'effet n'est pas grandiose.

Dans le plein air de la montagne, ces courtes cantilènes que nous attribuerions, en France, à de lointains prédécesseurs de Lully, ne sauraient renouveler en nous les profondes émotions ressenties dans le temple.

Tels j'imagine les airs de galoubet dont se réjouissait, vers l'an 1440, notre bon roi René d'Anjou, dans les plaines de Provence ; — tels les chants de nos *escolan(ts* nous induisent en une douce gaîté.

Pendant que la procession rentrait à l'église, nous faisions chorus à quelques pas derrière elle, tout en nous dirigeant vers nos *aposentos* pour y boucler et enlever nos petits bagages. Et nous gagnâmes le *car-il* à crémaillère .en fredonnant entre nous le dernier refrain, dont le naïf mouvement de valse nous avait ravis.

Vers six heures du soir nous rentrions à Barcelone, et quelques jours après nous nous séparions à regret de nos amis, pour regagner le cher et tranquille foyer.

En souriant à l'éclosion de nos roses, épanouies rapidement en masse pendant notre absence, comme pour fêter notre retour, tandis que *Plick,* le setter fidèle, agite son beau panache doré et gambade autour de nous avec une étourdissante joie, nous aimons à nous rappeler les détails de notre voyage.

Nous revoyons la Catalogne, ses côtes d'azur, ses plaines fertiles, ses pittoresques montagnes. Figueras, Gérone, villes riantes, Granollers et sa forêt de paratonnerres, Sabadell, le centre industrieux, défilent devant nous. Puis c'est Barcelone, la grande cité si mouvementée, qui personnifie dans son exubérance et son luxe, la race catalane vaillante, laborieuse et amoureuse des plaisirs bruyants.

Le souvenir de l'hospitalité reçue est celui dans lequel nous nous plaisons particulièrement à nous reposer. Nous revivons par le cœur dans cette famille amie, où le plus digne des hommes concentre sur lui la tendresse de trois générations féminines, sans qu'on puisse dire qu'elle est la plus aimable de l'aïeule, de la jeune fille ou de l'épouse.

C'est au milieu de tous ces chers souvenirs que j'ai été conduit à jeter sur le papier l'épisode de notre excursion à Montserrat.

Aurai-je su faire ressortir l'impression profonde qui se dégage de la vue stupéfiante de cette montagne dont la forme étrangement grandiose en ses contours, n'a pas sa pareille sur terre et dont la constitution était signalée en 1856 à l'Académie des sciences française, comme ne se rattachant à aucun des systèmes de montagnes mentionnés par Elie de Beaumont?

En dehors de ses légendes, son histoire est doublement glorieuse.

Lors des invasions sarrasines, comme dans la malheureuse guerre de Napoléon, elle servit d'asile à la résistance du peuple jaloux de son indépendance qui signa, dans l'histoire des siècles, les grandes pages de Sagonte et de Saragosse. — Puisse l'Espagne n'être pas contrainte à s'inspirer de ces héroïques antécédents pour se défendre contre les attaques du dollar et de la force primant le droit !

Au point de vue religieux, les fils de saint Benoît contribuèrent, dans le recueillement de cet autre Mont Cassin, et sous la règle mémorable de leur fondateur, à sauvegarder, à travers les ténèbres du moyen âge. la pureté du dogme et les reliefs de l'Antiquité. Après avoir donné à l'Eglise 2 papes, 5 cardinaux, 2 patriarches des Indes, 4 archevêques et 10 évêques ; — après avoir vu, à l'ombre de leur cloître, naître la grande conception de l'Ordre de la Merci [1], et se déterminer, sous les conseils du P. Xanones,

---

[1] Ordre royal et militaire de la Merci, institué en 1218 par saint Pierre de Nolasco pour le rachat des chrétiens prisonniers des Maures.

un de leurs cénobites, la puissante vocation de saint Ignace de Loyola, ils participent aujourd'hui à l'expansion de la civilisation chrétienne, dans le sacerdoce parfois périlleux des Missions étrangères.

Liée à la destinée de son royal monastère, la basilique de Montserrat offre à la vénération de l'Espagne et du monde l'Image consacrée, depuis plus de mille ans, par la foi des fidèles.

Sommes-nous en état de prendre à ces souvenirs tout l'intérêt dont ils sont dignes, quand, en ce tournant troublé du siècle, nos âmes désemparées du divin idéal, se sentent irrésistiblement entraînées vers les jouissances de la vie matérielle à outrance ? — L'âpreté de nos luttes surexcite la soif du bien-être où nous convient les raffinements de la civilisation et les merveilles chaque jour nouvelles de la science, tandis que, dans l'universel désarroi moral, les anxiétés sociales interdisent les sécurités de l'avenir.

Quelque peu disposé que nous puissions être à nous détourner de l'heure présente, nous ne saurions cependant refuser à un noble passé le tribut de notre respectueux hommage.

E. COLOMER.

Mai 1898.

www.ingramcontent.com/pod-product-compliance
Lightning Source LLC
Chambersburg PA
CBHW061608180626
46818CB00005B/2007